¡BIENVENIDOS A MI BARRIO!

MI MUNDO DE LA A A LA Z

Quiara Alegría Hudes
ilustrado por **Shino Arihara**

Ediciones Arthur A. Levine

SCHOLASTIC INC.
New York Toronto London Auckland
Sydney Mexico City New Delhi Hong Kong

A Cecilia
–Q. A. H.

A Ken
–S. A.

A es de abuela

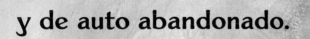

y de auto abandonado.

B es de botellas
            que parecen mil estrellas.
Botellas de refresco
            compradas en la bodega.

C es de calabazas brillantes, anaranjadas,
como las que vende Ortega.

D es de dominó, que me enseñó a jugar mi abuela,
con fichas que en la mesa van formando hileras.

E es del eco del tren elevado.

F es de felicidad cuando el agua refresca igual que un helado.

G es de grafitos
junto a la entrada del metro.

H es de hermanos
que juegan al baloncesto.

I es de los infinitos sabores
que me encantan a mí.

J es de jíbaros que
en la jungla de cemento
se divierten entre sí.

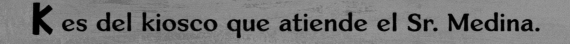

K es del kiosco que atiende el Sr. Medina.

L es de las lilas que pone en la ventana doña Miriam.

M es de murales de paisajes isleños.
Selvas y cataratas que adornan los senderos.

N es de noticias que se discuten a diario.

Ñ es del ñame que se come en el barrio.

O es de Ontario, la callecita más estrecha de todo el vecindario.

P es de Porky's, el restaurante al que vamos todos los viernes.

Q es de quemar, como cuando de
una casa salen llamas ardientes
y luego la cuadra parece una sonrisa
a la que le hacen falta dos dientes.

R es de recordar, la palabra preferida de mamá.
Ella siempre dice:
"Recuerda que, recuerda cuando,
recuerda lo que ya no existe.
¡Recuerda el gallo cantando aunque te pongas triste!
Recuerda la playa de Rincón en Puerto Rico,
¡cómo caía el sol en las tardes!".

S es de las siete palabras en inglés
que aprendí este martes.

T es de tranvía
y de trenes paseando
por los rieles.

U es de un universo
de raíces de arce y grietas
en los andenes.

V es de verduras que crecen donde antes había un lote abandonado.

W es de Washington,
donde vivió el Sr. Maldonado.

X es de XXL,
el tamaño de camiseta
más usado en nuestro barrio.

Y es de yuca, que sembró
mi prima Cuca en la acera.

Z es de zona escolar, por donde nadie
debe pasar a la carrera.

Abuela hizo sándwiches de jamón y queso.
¡Corramos! ¡Te apuesto a que llego de primera!

Library of Congress Cataloging-in-Publication Data is available.

ISBN 978-0-545-09425-2

Arthur A. Levine Books English edition was designed by Lillie Howard,
published simultaneously by Arthur A. Levine Books, August 2010.

10 9 8 7 6 5 4 3 2 1   10 11 12 13 14

First Spanish printing, August 2010

Printed in Singapore   46

The art for this book was created using gouache.